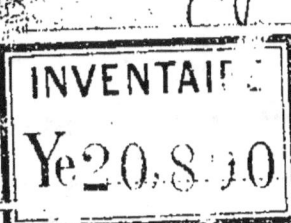

ŒUVRES

DIVERSES

DU POÈTE ÉPICIER

DE

CLERMONT-L'HÉRAULT.

Montpellier

Chez les principaux Libraires.

—

1841.

LA MUSE

OCCITANIQUE

INSPIRATIONS

RELIGIEUSES ET POÉTIQUES

DE L'ARTISAN

PAR

Frédéric Durand Fils

de Clermont-l'Hérault

Epicier, Membre du Grenier poétique de Clermont, Auteur de la Muse Clermontaise.

CLERMONT-L'HÉRAULT.

Dépôt chez Rouquet, coiffeur, rue Pont-Rhonel.

—

1841.

Je suis épicier.

Si mon petit recueil arrive jusques à la capitale, je prévois tout-à-l'heure un commencement de ses destinées.

Quelques grands savants de ce grand troupeau d'esprits qui paît dans la grande ville, vont accueillir mon humble titre, avec cette épithète qu'on se tue à faire proverbiale, mais vainement et hors de raison : *bête comme un épicier.*

Que m'importe ? Lutèce, la despotique et arrogante souveraine, qui tient attachée à son joug la province vassale, peut bien envoyer à son peuple à genoux et les lois, et le pouvoir, et l'argent; elle ne lui enverra jamais le talent, car il vient et de plus loin et de plus haut.

Ecoutez...

Un jour (j'avais alors dix-huit ans,) j'étais derrière le vieux comptoir de la boutique paternelle, occupé à noter sur le grand-livre jaune une somme de quelques centimes, montant de quelques grammes de poivre fournis à une pratique du coin, une jeune fille entra.

Au soyeux frôlement de sa robe, je tournai la tête ; son air doux et grave que rehaussaient un visage serein et une taille svelte, son léger salut fait d'une voix frêle : *bonjour*, me firent une suave impression, et je me pris à la regarder, ébahi. Jamais étrangère ne m'avait tant ému.

— Mademoiselle désire-t-elle quelque chose, lui dis-je, mais par un instinct machinal d'habitude ?

—Oui, Monsieur, je suis entrée.....

— Eh bien, Mademoiselle, j'ai du bon sucre fin de Bordeaux, de l'excellent café Caracoly, première qualité.....

— Pardon, Monsieur, ce n'est pas là ce que je désire. Laissez-là le catalogue de vos marchandises, j'ai autre chose à vous demander.

— Je vous écoute.

Et elle et moi nous nous assîmes pour mieux à l'aise établir la conversation.

Et ce fut une conversation ; auriez-vous jamais soupçonné qu'elle pût être de ce genre dans la boutique d'un épicier, une conversation toute scientifique ?

Et elle s'entama, s'anima, se prolongea ; je vous fais grâce des détails, car vous devez penser que là où se trouve une femme, il y en a tant, et tant d'inutiles et de prolixes.

Nous, les hommes, nous sommes concis.

Au résumé, l'inconnue me dit de fort belles choses :

Que le travail manuel n'excluait pas celui de l'intelligence, l'être humain étant composé de corps et d'esprit ;

Que l'exercice de ces deux facultés, régulier, incessant, établissait en nous l'équilibre nécessaire à l'harmonie de nos besoins physiques et moraux ;

Que l'homme, quel qu'il fût, dans une condition quelconque, ne pourrait, sans préjudicier à ses intérêts les plus chers, se dispenser du travail de la pensée, riches, pauvres, ignorants, érudits, tous étant obligés, selon leurs forces, de s'appliquer au développement de la puissance intellectuelle, puissance innée, vivante, immortelle.

Bref, j'avais là devant moi un philosophe, une femme savante.

Votre doctrine est brillante, lui répondis-je, mais vous qui vous en faites ainsi le prédicateur, qui êtes-vous ?

—Je suis, reprit-elle, l'Apôtre de l'émancipation de l'esprit, et je vais parcourant les cités et les campagnes, annonçant à nos élus les principes de l'égalité intellectuelle.

Le règne de la science a commencé ; l'être humain se dématérialise.

Et ma parole n'est pas un vain son qui se perd; elle a déjà trouvé bien des échos au fond des cœurs.

J'ai visité tour-à-tour la mansarde du pauvre et le salon de l'opulent ; j'ai pénétré dans l'atelier de l'artisan, et là on m'a écouté et compris.

Ces hommes qui gagnent leur pain à la sueur du bras, un boulanger, un coiffeur, un imprimeur sur étoffes, un tisserand, un menuisier, dociles à mes leçons, ont élevé la voix et proclamé par leurs œuvres la toute puissance du génie.

Et pourquoi, vous, artisan, n'essaieriez-vous pas aussi les forces de votre intelligence ?

Pour vous faire concevoir cette vérité, descendons à une comparaison tirée du positif.

Quand vous détaillez vos marchandises, il est de la justice de mettre en parfait équilibre les deux plateaux de votre balance.

Eh bien! votre être est une balance dont les deux plateaux sont l'âme et le corps.

La nature a fait tout homme débiteur et envers sa conscience et envers la société.

Or, pour satisfaire l'une et l'autre, il est urgent de mettre en harmonie les deux facultés de l'être.

Et pourquoi les occupations de la main n'iraient point de pair avec celles de l'esprit?

Loi primordiale, loi d'instinct, dont la transgression ne peut que nuire essentiellement à la création.

Un jour, qui n'est pas loin, verra s'opérer une sainte et grande révolution dans les capacités !....

Heureux temps !....

En parlant ainsi, l'inconnue avait en elle quelque chose de prophétique et de divin.

J'écoutais encore, muet et pensif, qu'elle n'était plus devant moi ; elle avait disparu.

Savez-vous quelle était cette inconnue, cette femme orateur ?....

— La Poésie.

Et, depuis lors, je fais des vers.

POÈSIES.

La Poésie.

Pièce insérée dans le Courrier du Midi. –
(Voir le feuilleton du 13 décembre 1838.)

Non, non, le Dieu que le génie invoque
N'est pas un Dieu despotique et jaloux ;
Il a béni de son doigt notre époque,
Il a donné son sacerdoce à tous.
Le voile enfin du temple se déchire,
Artémis chante en public ses décrets.
Afin de mieux propager son empire,
La poésie a quitté ses palais.

On ne va plus dans la nuit du mystère
Entretenir commerce avec les Dieux ;
Car ce n'est pas au fond du sanctuaire
Que retentit le verbe des hauts lieux.
L'âge disert du fanatisme expire,
Le culte beau reprend ses droits plus vrais,
Afin de mieux propager son empire
La poésie a quitté ses palais.

L'ange du ciel s'est fait vierge du monde
Pour visiter les humbles et les grands ;
Sa main toujours bienfaisante et féconde
Egalement s'étend sur tous les rangs.
Mais ce n'est pas qu'elle aille avec délire
Prostituer à chacun ses attraits,
Afin de mieux propager son empire
La poésie a quitté ses palais.

Sans qu'on la cherche elle vient d'elle-même,
Nous la voyons plus souvent s'arrêter
Dans un cœur simple, inconnu, mais qu'elle aime
Comme un foyer qu'elle veut habiter.
L'esprit, l'éclat, n'est point ce qui l'attire,
Toujours dans l'ombre elle se cache en paix;
Afin de mieux propager son empire
La poésie a quitté ses palais.

Quand une bouche amie et satisfaite
Vint autrefois nous répéter si haut :
« La France n'a qu'un ouvrier poète; »
Nous, ouvriers, nous bénissions l'écho,
Et nous disions : « l'esprit qui tient la lyre
» Aura bientôt plus d'élus que jamais;
» Afin de mieux propager son empire
» La poésie a quitté ses palais. »

A M. Jean Reboul,

de Nismes.

UN SONGE.

Poète harmonieux, que le ciel même inspire,
    Ecoute un songe que j'ai fait.
Je rêvais cette nuit que tu pinçais la lyre
    Et que ta voix l'accompagnait.
A tes côtés était une lyre nouvelle,
    Ma main vite a suivi mes yeux ;
Mais je n'ai pu tirer de la corde immortelle
    Le moindre son mélodieux.
Toi, tu chantais toujours. Que ta voix était belle !

Mon cœur en était envieux.
Tu le sentis alors. Soudain ton chant s'arrête,
Et louant mon orgueil et ma témérité,
Tu me mets dans les mains l'instrument de poète,
 Et puis, comme toi j'ai chanté.

O toi, dont le regard en l'avenir se plonge,
 O poète à l'accent touchant,
Daigne donc m'expliquer que veut dire ce songe,
 Ces deux lyres et notre chant.

Fréd. DURAND fils.

15 *Décembre* 1838.

RÉPONSE A M. F. DURAND.

Je vous remercie, Monsieur, de l'aimable
communication que vous avez daigné me faire.
Je vous dirais combien votre allégorie m'a paru
délicate et bien tournée, si je n'y avais pas vu
quelque chose qui me fût personnel; quoi qu'il
en soit, monsieur, recevez-en ma vive reconnaissance.

Je hasarderai un conseil : vous êtes ouvrier,
et par conséquent peu fortuné; que la poésie
n'occupe que vos loisirs. Je sais, par expérience,

combien la muse est envahissante de sa nature ; si elle venait à prendre quelques heures sur vos travaux journaliers, la pauvreté serait bientôt, hélas ! et vous savez combien pour cette sorte de misère le siècle est égoïste et dur.

Je suis, monsieur, avec une vive reconnaissance, votre très-humble et très-obéissant serviteur.

J. REBOUL.

Nismes, 26 *décembre* 1838.

A LA STATUE

DE

P.-P. RIQUET,

CRÉATEUR

du Canal du Midi.

⮑⮐

A MM. les Membres de la Société archéologique de
Béziers.

Te voilà donc debout, triomphante statue,
Que deux siècles rêva notre amour filial,
Et qui, pareille à l'astre éclipsé par la nue,
Récélais dans nos cœurs ton noble piédestal !

Salut ! cet âge naît pour ton apothéose,
C'est lui qui, te touchant de ses doigts éclatants,

Exhume ta grandeur en notre sein éclose,
Monument d'un génie éteint depuis long-temps.

Tu n'est point la statue altière
Que Phidias, sous d'autres cieux,
Faisait sortir de la carrière
Pour orner le temple des dieux,
Lorsque son ciseau fantastique
Créait une foule magique
D'idoles avec leurs autels,
Et donnant, en des temps barbares,
Ces créations si bizarres
Au vain hommage des mortels.

Tu n'es point la statue antique
Faite d'un bronze adulateur,
Que, dans une enceinte publique,
Rome élevait avec splendeur,
Quand un chef, ivre de carnage,
Avait réduit en esclavage
Un peuple fougueux et puissant,
Ou que, dans la guerre civile,
Il avoit étreint une ville
Dans les flammes et dans le sang.

Mais la statue, œuvre divine,
Heureux symbole de la paix,
Qui, radieuse, s'illumine
Des clartés de nobles bienfaits,
Et dont la gloire pacifique
Nous dit la vertu magnifique
Et le génie audacieux
De celui qui, sur cette terre,
De sa puissance salutaire,
Porta le tribut généreux.

Aussi, va... tu n'as point à craindre la fortune
Qui se joue ici-bas des hochets de l'orgueil,
Le temps ne perd jamais qu'une chose commune,
Et toi, ton nom brillant te défend de l'écueil.

L'Egypte assise en pleurs sur ses tristes rivages
Cache dans le désert, ainsi qu'en un cercueil,
Ses colosses broyés par la marche des âges,
Mais toi, ton nom brillant te défend de l'écueil.

Athène a vu crouler ses monuments sublimes
La maîtresse des mers, Vénise est dans le deuil;

Et Rome a chancelé sur ses antiques cim[
Mais toi, ton nom brillant te défend de l'[

Non, rien ne peut atteindre un monument p[
Qui n'a pas dans sa base enfoui de forfait[
Et qui ne laisse point dire à la voix publi[
Ces mots réprobateurs : c'est l'orgueil qui l'[

Toi, tu seras toujours brillante sous la nue
Et ton bronze jamais ne sera profané ;
Toujours le peuple en foule, accourant têt[
Portera sa louange à ton front couronné.

Regarde-et vois déjà quelle riche affluence
A ceint ton piedestal si beau, si solennel ;
En ce jour consacré par la reconnaissance[
Entends l'hymne pieux du concert éternel.

      « Oh ! quelle est pure cette gloire
      Qui reçoit aujourd'hui des autels !
      Fut-il jamais une mémoire
      Plus belle parmi les mortels !
      La douleur qui suit toute cendre
      Ne fera point ici répandre
      Des pleurs amers à l'avenir,

Car dans cette histoire qui reste
Il n'est point de page funeste
Pour attrister le souvenir.

« Salut à l'immortel génie !
Le ciel qui l'envoya d'en haut,
Dota notre cité bénie
De la gloire de son berceau.
Notre pays vit son enfance,
Nourrie au lait de la science,
Développer ses fruits heureux,
Et puis féconder la pensée,
Qui, de plus en plus élancée,
Fit jaillir de celestes feux.

« La nature s'est inclinée
A l'aspect de cet homme-roi,
Dont la sublime destinée
Etait de lui dicter la loi ;
Et l'œuvre qui vit la puissance
De plus d'un souverain de France
Fléchir dans son brillant essor,
Qui vit de la superbe Rome
Pâlir le génie, un seul homme
L'accomplit de son seul effort.

2

« Riquet parle, et les monts descendent
Au niveau des humbles vallons,
Les rochers tremblent et se fendent,
Le sol s'ouvre en larges sillons.
Ét ces éternelles barrières
De rocs et de masses altières
Livrant leurs passages ouverts
S'étonnent de voir à leurs pentes
Couler limpides et bruyantes
Les vagues de deux grandes mers.

« Avec fierté la nef s'élance
Au milieu du détroit nouveau,
Au gré du vent qui la balance
Et penche sa voile sur l'eau.
Cent nefs la suivent, et la rame
Fatigue incessamment la lame
Qui jette l'écume en grondant,
Et les richesses que l'aurore
Toutes les heures voit éclore
Passent aux rives d'occident.

« Quel Dieu sur cette froide terre
A soufflé la fécondité ?
Voyez : la ronce solitaire
Périt sur ce sol enchanté !

Du zéphir les molles haleines
Font rougir dans les vertes plaines
La grappe du nectar heureux,
Et dans ces campagnes nouvelles
Dore des moissons les plus belles
L'épi riche de grains nombreux.

O prodige! de sa parole
L'éclair a brillé. L'univers
S'émeut de l'un à l'autre pôle
Et fait gronder toutes les mers.
Les mers dévorant leurs limites,
S'en vont, par des routes prescrites,
Unir et confondre leurs eaux;
Pour un rapprochement utile,
La terre, comme un champ fertile,
Est coupée en mille canaux.

« Qu'elles soient à jamais bénies
Ces riches œuvres de sa main!
Comme au temps où les saints génies
Venaient dans notre humble chemin.
Nous, remplis d'un respect sincère,
Roulons une splendide pierre
Où marcha son pied effacé,

Afin de redire à chaque âge
Par un solennel témoignage
Qu'ici le plus grand homme a passé. »

L'hymne religieux de la reconnaissance
A fini ; mais l'écho de la postérité
Reçoit ces derniers sons dérobés au silence,
Et chante l'hymne saint à jamais répété.

Mon œil de l'avenir a pénétré les ombres,
Je vois la cité morte et son mur disparu,
Mais le beau monument, seul, parmi les décombres
Conserve son éclat de plus en plus accru.

Et le nom de Riquet garde encore sa gloire
Tant que dans le canal qu'il creusa de sa main
Les deux mers ont des flots pour raconter l'histoire
De celui qui joignit leur rivage lointain.

Le Statuaire.

A M. David d'Angers.

C'est toujours loin à loin que les grands hommes naissent.
Un Dieu dans ses desseins les crée : ils apparaissent
Pour former un grand peuple et de splendides jours.
Seul, l'élu du très-haut prend le monde aux deux pôles
Dans sa puissante main, le met sur ses épaules
Et le porte au-delà des bornes de son cours.

Et le monde s'en va roulant et puis s'arrête
Jusqu'à ce que plus tard quelque nouveau prophète
Vienne pour le pousser et plus loin et plus fort.

2*

Tout génie en passant ébranle la machine,
Tel Orphée autrefois, par sa lyre divine,
Fesait courir les bois et les monts sans effort.

○-⧈⟨⧊⟩-○

L'artiste, dans ce siècle, oh! c'est l'homme mystère,
Qui réside avec l'homme et n'est pas de la terre,
Etranger avec tous pour sa noble grandeur ;
Silencieux il passe au milieu de la foule
Qui chaque instant du jour le coudoie et le foule
Sans deviner qu'il porte une étoile en son cœur.

Ainsi qu'un voyageur des lointaines frontières
On l'a vu reparaître au milieu de ses frères,
Et ses frères pourtant ne l'ont pas embrassé.
Il leur a fait entendre une parole amie,
Il leur a dit les biens qu'il porte à la patrie,
Mais pour ne pas l'ouïr, chacun d'eux est passé.

L'artiste, oh ! c'est là l'homme inexplicable, étrange,
Qui sème dans les pleurs et sur un sol de fange
Sans savoir s'il pourra chanter à la moisson.
Il n'est rien ici-bas qui toujours ne le froisse,
Le pain qui le nourrit, c'est le pain de l'angoisse,
Il s'abreuve, en veillant, de larmes, sa boisson.

Oh ! c'est toi qui comprends cette nature sainte,
Anonyme savant, qui, du fond de l'enceinte
Où tu te tiens caché, faits appel à nos chants,
Et qui pour soutenir de ce noble génie
L'accablant dévoûment, veux que notre harmonie
Fasse entendre en ce jour des sons encourageants.

Oui certe, il a besoin qu'on l'anime du geste
Et de la voix celui qu'en son combat céleste
Trop de dégoût ferait quelquefois chanceler ;
Celui qu'une fureur jalouse persécute,
En qui l'indifférence accourue à la lutte
Eteint l'enthousiasme au moment de briller.

Mais le barde novice, et dont l'esprit ignore
Les vertus de celui que la patrie honore,
Comment chantera-t-il un cantique en son nom ?
Pourtant, j'ai vu l'enfant des pôles de la terre
Saluer de ses chants l'astre de la lumière,
Quand son disque effleurait à peine l'horizon.

☾

« Qui me tendra la main, disait hier la France,
Pour monter un degré de cette gloire immense
Où depuis bien long-temps j'aspire avec ardeur ?

Le tumulte des camps détourna ma pensée,
Et je sens que la paix, dans mon âme bercée,
Vient réveiller l'instinct de ma vieille grandeur.

Je me suis vue un jour, dans ma pompe de reine,
Avec l'antique éclat de la toge romaine,
Et j'ai rougi d'avoir d'étrangers ornemens.
Oh ! comme celui-là dont la main libérale
Viendrait me rendre enfin ma robe virginale
Mon palais paternel et mes neufs monumens ;

Comme il se ferait grand aux yeux de la patrie,
Et comme de chacun sa mémoire bénie
S'en irait éclatante à la postérité!
Qui voudra consacrer aux soins de ma puissance
Les veilles, les travaux de toute sa science
Aux prix encourageant de l'immortalité ?

Sous les yeux du pays, dans le passé des âges
Tant de morts méconnus errent sur les rivages,
Qui leur fera franchir le fleuve glorieux ?
Qui viendra repeupler le temple du génie
Des ombres de nos grands, célèbre colonie,
Que ne connaissaient pas nos siècles oublieux ? »

Ce sera l'homme assis dans son laboratoire,
Le grand sculpteur dont l'art favorable à la gloire
Opère sans effort les plus hardis travaux,
Le savant créateur dont la main familière
Met l'héroïsme en bronze et le génie en pierre
Pour faire leurs destins plus constans et plus beaux.

Paris fut le premier témoin de ce prodige
Quand David, dont le nom sur ses œuvres s'érige,
A sa sublime idée un jour donnant l'essor,
De notre panthéon vint embellir le faîte,
Donnant au monument cette splendeur parfaite
Que la grande cité ne savait pas encor.

C'est que l'homme à l'œil d'aigle et que rien ne mesure
En contemplant d'en bas l'imposante stature,
Avait dit une fois : trop humble est le sommet.
Encelade nouveau, de sa savante audace,
Il secoua du doigt la gigantesque face,
Un élégant fronton devant nous se formait.

La royauté que met la gloire au front de l'homme
Se trouve plus à l'aise assise sous un dôme
Dont la magnificence égale la hauteur;
Aussi sous le fronton aux sculptures brillantes,
Voyez-vous tressaillir ces ombres éclatantes
Dont le génie un jour recueillit la grandeur.

Oh David ! c'est bien toi que leur foule salue ,
Toi qui fais resplendir leur vieille gloire accrue
Devant le monde entier qui relève les yeux ;
C'est toi que remercie en chœur la vieille France ,
Car jusques chez les morts vit la reconnaissance ,
Et puis, père des grands, ne l'es-tu pas comme eux ?

A te chanter en vain ma faible voix persiste ,
Qui pourrait dénombrer tes œuvres, grand artiste,
Dont l'esprit apparaît si vaste et si fécond ?
A peine en le chemin où court ta destinée ,
As-tu fait quelques pas commençant ta journée,
Déjà l'Europe entière est pleine de ton nom.

Mais c'est peu : la splendide et noble Occitanie,
Région des beaux arts, mieux encor t'apprécie ,
Car ton riche présent à tous ses vœux suffit.
Son triomphe éclatant aujourd'hui se consomme ,
Pour sculpter tant de gloire il fallait un grand homme
Et dès long-temps Riquet t'attendait, ô David.

Et pourtant, ô sculpteur , plus d'un te calomnie !
Eh bien ! confond ceux-là qui blâment ton génie
En faisant éclater tous tes enchantemens,
Et dis-leur : envieux de mon beau privilége ;
Pourquoi me jetez-vous le pamphlet sacrilége,
Avant de me juger, voyez mes monuments.

Mais non, tais-toi, plutôt plains qui te persécute.
Tant qu'il brille, ici bas le génie est en lutte,
C'est le sort de ce siècle et la loi du destin.
Ignorant les clameurs du profane vulgaire
Poursuis, poursuis toujours ta sublime carrière,
Car tu le forceras d'applaudir à la fin.

Si le burin, ce sceptre étonnant et magique,
Qui régit du passé le cortége héroïque,
Dans ta royale main est si doux à porter;
Si ta voix qui s'adresse à la sourde matière
Afin de la doter de vie et de lumière
Du marbre et du métal sait se faire écouter;

Si ton art au pays donne un si riche empire,
Va, ce n'est point en vain, le siècle qui t'admire
Dût-il avant le soir dédaigner ton talent,
L'avenir te rendant justice solennelle,
Viendra te décerner la couronne éternelle
Dont rien ne ternira le feuillage brillant.

O poètes, venus au banquet du génie
Une lyre à la main, toute votre harmonie
Ne saurait achever ce triomphe nouveau.
S'il fallait de David anticipant les veilles,
De son noble avenir exalter les merveilles,
Tous vos chants ne sauraient s'élever assez haut.

Pour moi, quand je ne puis mettre au front de l'idole
Ma couronne de fleurs, religieux symbole,
Je la pose humblement devant le piédestal,
Et de peur que ma voix, dans le concert immense,
S'éteigne sans éclat, je murmure en silence
Les accords commencés de mon chant filial.

Elle.

Il est.... il est une âme délicate
Réfléchissant dehors comme un miroir,
Ennui qui ronge, ou louange qui flatte,
Tristesse sombre, ou radieux espoir ;

Sensible autant que cette fleur divine
Dont le calice est toujours si jaloux
Que sous le doigt à l'instant il s'incline
De ses couleurs cachant l'éclat si doux.

Le moindre vent la penche sur sa tige,
Trop de soleil la fait vite flétrir,

3

Et la rosée , ineffable prodige,
La ressuscite et la fait refleurir.

Elle... est toujours dans les ris et les larmes,
Soupir et chant, voilà sa volupté ;
Triste et rieuse, elle a bien plus de charmes,
Car le contraste embellit la beauté.

Ma Vierge.

Il existe ici-bas une vierge modeste
Dont les pieux attraits ont enchanté mon cœur,
Elle porte à son front un stigmate céleste
Qui dit son origine et sa noble grandeur.
  Toujours penchée à mon oreille,
  Toujours sur mes pas,
  Toujours dans ma veille,
  Et dans mes ébats,

Elle offre à mes regards bien plus d'une merveille,
Et séduit mon esprit par ses riants appas,

C'est elle qui m'endort et fait sur ma paupière
Passer des songes pleins d'une douce lumière ;
C'est elle qui m'éveille et dore de bonheur
Les prémices des jours que je dois au Seigneur ;
C'est elle dont la riche et sainte destinée
Remplit tous les instants de ma longue journée,
Et qui lorsque mon cœur s'incline avec le soir,
Vient me bercer encore d'un amoureux espoir.

        Elle est belle, et d'une sylphide
          Sa taille a l'élégant contour,
           Au bonheur elle préside
         Et son cœur est tout amour.
            De ses traits l'ovale
            Toujours gracieux
             Charme nos yeux
              Et nous étale
               Les couleurs
                Des fleurs.
                Meurs,

Idole du monde, aux jours de mon délire,
Que j'adorais en vain ! celle qui tient la lyre
A déjà de mon cœur subjugué tous les vœux.
Vierge, salut ! Partout où ton beau front rayonne,
Un souffle de bonheur et d'amour environne
Le mortel par toi fait un être bienheureux.

Orgie et Tempête.

Regardez-le passer le superbe navire
Balançant hardiment ses mâts à l'horizon,
Et jetant après lui l'écume en blanc sillon
Comme un coursier bavant sous le mors qui l'attire,
L'immensité des mers est son brillant empire,
Et l'univers entier s'ouvre à son aviron.

Entendez bruire l'antenne
Qui battant le long des huniers
Fait danser sur la grande plaine
Le pont chargé de nautonniers.

D'où vient-il ? Et quel môle enveloppé par l'onde
Laissa-t-il en rompant son cable aux triples nœuds ?
Quel port doit recueillir sa marche vagabonde ?
Quel maître guide-t-il son cours aventureux ?

Il est nuit, tout s'éteint dans l'ombre,
L'Océan morne et vaporeux
Se mêlant avec le ciel sombre
Fait un infini ténébreux.
La mer en son lit se rejette,
Le flot sans voix coule et s'arrête
Et la brise expire muette
Dans l'espace silencieux.

Tout-à-coup l'ouragan s'élance
Au milieu du vaste silence,
Et courant sur la plaine immense
Vient y déchaîner tous ses vents;
Les vagues tremblent et mugissent ,
Les flots se creusent et surgissent ,
Et les abîmes retentissent
Du combat des fiers élémens.

Le tonnerre gronde
Promenant sur l'onde

Sa voix vagabonde
Et ses échos sourds ;
Il s'approche, il roule ;
Hurle avec la houle
Qui comme une foule
Murmure toujours.

L'éclair tourbillonne,
Il court, il sillonne
La nuit qui s'étonne
De tant de clarté ;
Il brille, il chancelle,
Meurt, naît, étincelle,
Et s'enfuit sur l'aile
Des vents emporté.

L'Océan s'anime
Fouille son abîme
Et roule sa cime
En mont écumant ;
L'Aquilon l'excite,
Il crie, il s'irrite
Et se précipite
Vers le firmament.

Seul contre tous les vents que souffle la tempête,
Seul contre tous les flots que l'Océan rejette,
Un navire, flottant dans son brouillard lointain,
Se balance, suivant son roulis incertain,
Glisse, monte, descend, se relève et s'abaisse,
Et délaissant les flots, et s'engouffrant sans cesse,
Plane dans le nuage, ou se perd dans les eaux
Que la mer ouvre et ferme en ses bonds inégaux.

Sa fière proue
Ecarte et troue
Le flot qui joue
Contre ses flancs,
L'écume blanche
Qui bat sa hanche
Du mât qui penche
Ceint les haubans.

Il vient, il passe,
L'onde le chasse
Et dans l'espace
Le fait voler,
Comme la pierre
Qu'en sa carrière
La meurtrière
A fait siffler.

Et pendant que l'orage incessamment ballotte
Le vaisseau qui n'a point de frein, ni pilote
Pour régler dans la nuit son cours si vagabond,
Voyez ce qui se passe au milieu de son pont !
Un homme, seul, debout près du mât de misaine,
Semble là défier le vent qui se déchaîne;
D'un ciel étincelant de mépris et d'orgueil,
Il regarde la nuit, la tempête et l'écueil,
Que l'horizon signale au sein de la grande ombre.
Son air morne et guerrier, son front rouge de sang,
Ses armes, tout annonce un corsaire puissant.
Entendez-le parler : — « Satan ! que tout est sombre
« Cieux et flots ! Devant moi mon œil ne voit pas clair !
« A moi, mes gens, ici ! qu'on éclaire la mer !
« Je veux voir la tempête ! » Et comme par magie
Une cohorte entière est tout-à-coup surgie :
Captifs et matelots, tous quittent les hamacs,
Et des flambeaux ardens sont attachés aux mâts,
Jetant, malgré l'écume, à la lame voisine
Des reflets éclatans de fumeuse résine.
« C'est bien, a dit le chef, vive l'onde et l'éclair !
« A présent je commence à voir un peu plus clair !
« Or çà, tous mes truands, qu'on apporte des tables,
« Des coupes, des flacons, et des sièges pour tous !
« Je veux voir de la mer les pompes admirables,
« Je veux fêter les vents au sublime courroux. »

3*

Et sur le pont battu par les vagues pressées
On accourt, à l'envi des tables sont dressées.
Pas un homme ne manque à ce banquet nouveau
On s'assied : le rhum pur coulant de coupe en coupe
Fait pendant quatre fois le tour de cette troupe
Qui humant les vapeurs qu'exhale le flambeau,
S'enivre de boisson, de peur et de fumée
Planant sur le festin comme une autre nuée.

Buvons à l'ouragan ! — hurle une voix soudain.
Et le toast accueilli passe de bouche en bouche ;
On verse, et puis chacun, la coupe pleine en main,
Adresse à l'ouragan sa menace farouche,
Et le bouillant défi d'un orgueilleux dédain.

« Qu'elle est belle la nuit, la mer et la tempête,
« S'est écrié le chef ? Voyez, l'onde reflète
« L'éclat de mes flambeaux et l'écho de ma fête,
« Ce spectacle brillant délecte mes regards.
« Mais il nous faut des chants, l'orage est monotone,
« Et pour accompagner ce nuage qui tonne,
« Ce concert de roulis et tous ces bruits épars,
« La voix de quelque femme ici serait très-belle.
« J'aime la voix de femme, appelez Isabelle.

« Est-il rien de plus doux qu'un chant italien,
« Quand le vent orageux nous seconde si bien ? »
Et l'on voit s'avancer la captive modeste
Pâle et belle de pleurs qu'à sa face céleste
Le bruit de l'ouragan a déjà fait couler.
Elle approche, et le chef rit de la voir trembler,
Lorsque son œil furtif s'échappant sous le voile
Contemple le danger qui partout se dévoile.
« Isabelle, dit-il, prends place à mon côté,
« Pourquoi cette frayeur qui détruit ta beauté ?
« Regarde : ah ! que c'est beau tout ce qui t'environne ;
« Je veux moi sur ton front poser une couronne,
« C'est ma fête.... As-tu pris ton luth mélodieux ?
« Eh bien ! chante-nous donc un cantique joyeux. »
Isabelle s'assied, et, le front baissé, pleure ;
Elle pense à sa mère, à sa douce demeure
Où jadis elle fut tant heureuse avant l'heure
Qui l'unit aux destins d'un pirate méchant ;
Elle hésite, se trouble ; entendez-vous son chant ?

— « Où suis-je ? d'épaisses ténèbres
    Ont voilé les cieux et les mers,
    Tout n'est que hurlemens funèbres,
    Ici, sur l'onde, et dans les airs.
    C'est l'enfer ! Oui, ces lieux sauvages
    Ne font plus douter de mon sort !

Ecarte, mon Dieu, ces images
Qui m'attristent jusqu'à la mort !....

— « Ivres de vin et de fumée
    Les damnés au banquet hideux,
    Ainsi qu'une meute affamée
    Se soûlent de plaisirs honteux.
    C'est l'enfer ! oui, ces lieux sauvages
    Ne font plus douter de mon sort,
    Ecarte, mon Dieu, ces images
    Qui m'attristent jusqu'à la mort !.... »

Une voix l'interrompt : « Maudit soit ton cantique,
« Tu nous chantes l'enfer, Cassandre prophétique,
« Eh bien, nous y courons, mais jusqu'à ce moment
« Que la joie ou l'amour vibre à ton instrument. »
Et la femme reprend d'une main agitée
Le luth déjà tombé sur la planche inondée.

    « Adieu, terre de ma patrie,
    Où mon fils m'attend dans les pleurs !
    Adieu ciel, demeure chérie,
    Où vivent ma mère et mes sœurs !
    L'enfer est là ! ces lieux sauvages
    Ne font plus douter de mon sort !....

Ecarte, mon Dieu, ces images
Qui m'attristent jusqu'à la mort. »

L'air brille, et la nuée au bruit épouvantable
Darde un serpent de feu qui dévorant la table,
Glisse, court, frappe tout de mort et de stupeur,
Et fuit, laissant le pont dans des flots de vapeur,
De soufre, de résine et de rhum qui s'enflamme
Malgré les coups de vent et les bonds de la lame.
. . . .
. . . .
Le tillac est jonché de coupes en débris,
De siéges écrasés, de cadavres meurtris,
Sous des flocons d'écume un luth frappe la vue,
Un luth dont chaque corde est déjà détendue.
. . . .
Isabelle a fini de chanter et les eaux
Ont emporté son corps dans leurs vastes tombeaux.

Là c'était tout-à-l'heure amour, orgie et danse,
Et tout n'est à présent que mort et que silence,
Et la vague bientôt a balayé le pont
De tout ce qui restait de coupe, de flacon,
De morts et de mourans, et de table et de siége
Qu'avait là ramassés la horde sacrilége.

Seul , sans agrès , privé de tous ses matelots ,
Le navire s'en va toujours battu des flots.
Ainsi que cette feuille à l'aquilon livrée ,
Quand le vent de l'automne a dépouillé les bois ,
Ou comme cet oiseau dans la plaine azurée ,
Qui se débat en vain de l'aile et de son poids
Contre le tourbillon de bruyante poussière
Quand l'ouragan du ciel , aveuglant sa paupière ,
Le fait tourner , et loin de la terre et du jour ,
Le pousse , le soutient , l'emporte tour-à-tour.

La tempête le suit , la tempête le chasse ,
Mais la côte paraît... dans son vol dans l'espace
Il rencontre un écueil.... il s'y brise soudain ,
On voit tous ses débris flotter dans le lointain.

Le Troubadour.

Il chantait, le zéphir écoutant son doux chant,
Murmurait mollement dans la verte aubépine,
Les oiseaux se taisaient dans les buissons du champ,
Et les échos dormaient au fond de la colline.

Il chantait, les ruisseaux oubliant leur penchant
Suspendaient le courant de leur onde argentine,
Et le jour indécis, aux bornes du couchant
Trompait au rendez-vous l'amoureuse Delphine.

Et tout-à-coup du ciel la foudre s'abaissa ,
Le chant finit ! ! Bientôt quand l'amante passa,
Un luth ensanglanté frappa soudain sa vue.

Elle pleura long-temps ! Depuis ce triste jour ,
On entend là gémir quand la nuit est venue
Dans les cordes du luth l'âme du troubadour.

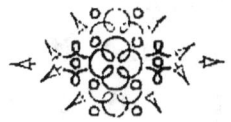

Tête de Mort.

Tête humaine jadis si belle
Dont l'aspect rempli de grandeur
Dévoilait une âme immortelle,
Tu n'es plus qu'un objet d'horreur !

. . . .
. . . .

D'où viens-tu ? Quelle main t'a ravie à la terre ?
Quel fer profanateur te sépara du corps,
Lorsqne tu reposais au chevet solitaire
    Dans le temple des morts ?...

D'où viens-tu ? T'aurait-on trouvé sans sépulture
Sans qu'un pieux ami t'ait fait l'honneur du deuil,
Dans un pays désert et gisant sur la dure
    Qui devint ton cercueil ?

Dis-moi quel fut ton nom, ton sexe, ta patrie,
Quel astre t'éclaira dans ton premier berceau,
Et quel souffle mortel, comme une herbe flétrie,
    Te fit pencher vers le tombeau ?

As-tu compté des rois au nombre de tes pères ?
Ton sang a-t-il été sans tache et glorieux ?
Ou bien, n'as-tu reçu qu'un trésor de misères
    De tes obscurs aïeux ?

As-tu vu le bonheur, divinité fidèle,
D'abondance et de paix couronner tes longs jours,
Ou le malheur, hélas ! de sa serre cruelle
    En restreindre le cours ?

La science à tes yeux dans sa chaleur féconde
Dévoila-t-elle un jour ses prodiges nombreux,
Ou bien, ne trouvas-tu dans les choses du monde
    Qu'un aspect ténébreux ?

Avais-tu des amis dont la main tutélaire
Au printemps du plaisir te couronnait de fleurs ,
Et dans les sombres jours séchait à ta paupière
    Les innombrables pleurs ?

Avais-tu des enfants , une épouse sensible
Dont les soins généreux et l'aimable concours
T'aidèrent à porter cette charge invisible
    Qui pèse sur les jours ?

L'ambition , génie au despotique empire
Qui subjugue les cours par des rêves divers ,
A-t-elle pu jamais ici-bas te séduire
    Et te donner des fers ?

Des idoles du siècle adorateur sévère,
Au temple du pouvoir te vit-on prosterner
Devant ces Dieux puissants que l'homme sur la terre
    A voulu se donner ?

As-tu des passions alimentant l'ivresse ,
Gardé jusques au soir la table du festin,
Ou dans ton âge impur prévenant ta faiblesse ,
    As-tu déserté le matin ?

Du brillant univers le spectacle céleste
T'a-t-il nommé ce Dieu qu'on ne peut exprimer,
Et les tendres leçons de la vertu modeste
     T'apprirent-elles à l'aimer ?

. . . .

Viens, tourne-toi vers moi., regarde et puis écoute ;
Veux-tu que remontant le long cours du passé,
Nous cherchions tous les deux le vestige qu'en route
     Ton pied avait tracé ?

Repassons tes vieux jours ! Jamais l'oiseau novice
Contemplant de son nid un horizon lointain,
En naissant rêva-t-il plus d'amoureux délice
     Que t'en promettait le destin !

Combien de fois, assis sur la rive fleurie,
Sous un ciel bleu, bercé dans un lac enchanteur,
Quand ton âme volait dans le vague, attendrie,
     As-tu soupiré le bonheur !

Combien de fois, parmi d'enchantements sans nombre
As-tu vu voltiger un fantôme d'amour,
Ange qui t'inondait tantôt pur, tantôt sombre,
     De joie et de deuil tour-à-tour !

Combien de fois, dans l'âge où la tristesse empreinte
Vient traduire ici-bas nos sentiments en pleurs,
As-tu fait sous tes doigts vibrer la harpe sainte
    Afin d'endormir tes douleurs ?

Poète, ton délire évoqua de doux songes,
Amant, ton cœur erra dans les divins plaisirs,
Homme enfin, l'intérêt chercha dans les mensonges
    Un aliment à tes désirs.

Ici l'espoir riant anima ta mémoire,
Là ta vertu cueillit des bénédictions,
Là ton âme aspirant les parfums de la gloire
    S'environna d'illusions.

Où sont donc à présent ces premières années ?
Il n'en reste plus rien qu'un souvenir glacé !
Les fleurs de ton printemps sont devant toi fanées,
    Tout est vide dans le passé.

Mais tu ne m'entends pas. O néant, ô silence,
Plus effrayant encor que celui des tombeaux !
Une tête où vibra l'âme qui toujours pense
    A perdu ses échos.....

Et ce foyer vivant, où toutes les pensées,
Jaillissaient en faisceaux d'une vive clarté,
Est éteint; à présent de ses flammes passées
       Pas un vestige n'est resté !

Et l'œil dont la prunelle aux flots du ciel baignée
Transformait la nature en magique tableau,
Dans son orbite nu voit la morne araignée
       Filer son noir réseau.

Dans ce nez qui s'ouvrait aux parfums de la brise,
Où serpentait la veine au contour rajeuni,
Enflée aux doux efforts d'une vie indécise
       Le ver a fait son nid.

Ce front qui respirait les vertus et la grâce,
Et qui fut de son âme un fidèle miroir,
Regardez, à présent ce n'est qu'une surface
       Froide et hideuse à voir.

Cette bouche où la voix résonnait en cadence,
Ces lèvres que l'amour toucha de son pinceau,
Où la nature mit de perles l'abondance,
       Ce n'est plus qu'un lambeau.

Cette oreille sensible à l'harmonie humaine
Et pleine des accords d'un mystérieux bruit
N'a plus pour se remplir qu'une poussière vaine
    Qui la corrode et la flétrit.

Ainsi, tout passe, hélas ! au terme irrévocable
Où l'entraîne ici-bas la dure loi du sort......
O ruine complète et bien plus formidable
    Que celle de la mort !.....

Pourtant si Dieu voulait, cette vie éclipsée
Reprendrait aujourd'hui sa première splendeur,
Et des bras de la mort l'existence glacée
    Reviendrait brillante d'ardeur.

L'amour raviverait le feu de ses prunelles,
Et ce foyer pensant soudain ressuscité
Ferait jaillir des yeux ces belles étincelles
    De noble volonté.

La douleur effaçant son sinistre vestige
Ferait place à l'éclat des charmes renaissants,
Et cette tête enfin viendrait vite, ô prodige,
    Jeune et belle étonner nos sens.

Mais taisons-nous.... la tombe est un profond mystère
Que l'esprit des vivans n'a jamais pénétré......
Laissons à tous ces morts qui dorment sous la terre
      Leur repos si sacré......

Et sur ce froid débris, comme une sainte aumône,
Laissons couler nos pleurs, pour que dans l'avenir
La foi religieuse ou l'amitié nous donne
      Des pleurs à notre souvenir !!!

La Foi.

(Insérée dans les *Tablettes du Chrétien.*)

Que sert de ceindre un diadême,
Et de briller au rang suprême,
Est-on heureux quand on est roi ?
Grandeur, richesse, renommée,
Tout n'est qu'une vaine fumée,
Notre bien à nous, c'est la Foi.

4

Le monde qu'assaille le doute
Dans les ténèbres de sa route
S'en va flottant à toute loi ;
Le ciel de notre âge est si sombre,
Chaque pied tâtonne dans l'ombre,
Notre étoile à nous, c'est la Foi.

Qu'il se lève un vent de colère,
Qu'un fléau parcourant la terre,
Plonge les cités dans l'effroi ;
Que l'impie orgueilleux méprise
Nos saints autels, qu'il les détruise,
Notre force à nous, c'est la Foi.

Mais le temps s'écoule, qu'importe ?
Chaque instant qui passe, nous porte,
Seigneur, un peu plus près de toi :
Quand sonnera l'heure dernière,
Un ange au palais de lumière
Doit nous guider, et c'est la Foi.

Sainte Thérèse.

La Vierge, elle était là sur son lit d'agonie,
La douleur n'avait point altéré sa beauté,
On voyait à son front respirer l'harmonie
   D'une sublime sainteté.

Autour d'elle, à genoux, récitant la prière
Qu'entrecoupait parfois un douloureux soupir,
Ses sœurs penchaient le front, et regardaient leur mère
   Qui tout-à-l'heure allait mourir.

———

« Mes filles, vous pleurez !.. Oh ! non, que l'allégresse
Enivre tous vos cœurs, c'est mon jour solennel,
Mon âme détachant le lien qui l'oppresse
            Va bientôt s'envoler au ciel.

Le ciel ! oh ! mettez-moi ma robe la plus belle,
De guirlandes de fleurs couronnez mes cheveux,
Car je veux m'en aller à la vie éternelle
            Comme vers un banquet joyeux.

Où suis-je ? quel jour pur inonde tout mon être ?
L'astre immortel des jours qui ne finiront pas
S'est levé ; je le vois, il est prêt à paraître
            Pour guider mon vol d'ici-bas.

Un bruit harmonieux d'ineffables louanges
Retentit, c'est l'écho des célestes concerts,
J'entends, j'entends la voix des Vierges et des Anges
            Chantant le Dieu de l'Univers.
. . . .
. . . .
Dieu, je sens à la fois et la crainte et l'ivresse,
Dieu, cachez votre éclat, ou je meurs de nouveau !..
Moi, qui ne fus là-bas qu'une humble pécheresse,
            J'aurais donc un trône si haut !....

Rendez-moi, rendez-moi la vie et la souffrance,
Ce bonheur, ce repos que vous daignez m'offrir
Ne sauraient point encore être ma récompense,
    Encor souffrir, encor souffrir.

J'ai laissé sur la terre une sainte famille
Que j'élevais pour vous, Seigneur, dans les vertus,
Mais que vois-je? pitié! le fer du tyran brille!
    Hélas! mes filles ne sont plus!.

  . . . .

  . . . .

    . . . .

L'impie a dévasté l'asile solitaire,
Et chassé de leur toit les Vierges du Carmel,
Prions.... Mais je vois naître un nouveau monastère,
    Vous avez une mère au ciel.

Justes, relevez-vous et ceignez la couronne,
Ce prix de vos travaux fut souvent mérité;
Quand on a combattu, le Seigneur nous la donne
    Gage de l'immortalité.

Qui me parle? est-ce-vous, mes compagnes fidèles,
Suis-je encor dans ce monde? adieu, mes sœurs, adieu

                4*

On m'appelle , et mon âme a déployé ses ailes ,
    Un jour, nous nous verrons... en Dieu. »

Elle dit, et ses yeux doucement s'éteignirent ;
Sa tête se pencha , comme un lis sur les eaux ,
Mais pour la soutenir , deux anges descendirent,
    Entr'ouvrant sans bruit les rideaux.

Son front où de la vie avait cessé l'empire,
S'éclairait d'un rayon parfois pâle et vermeil ,
Ses traits étaient empreints d'un céleste sourire,
    Elle semblait dans le sommeil !

PROPHÉTIE

PUBLIÉE

L'AN 1544.

⬥❖⬥

TRADUCTION.

Monde, malheur à toi, Dieu brise tes idoles,
Le coq vient effeuiller la blanche fleur des Gaules,
Le lion que le nord déchaîne, rugissant,
Dans la grande cité répand des flots de sang.
Hâte-toi de jouir du triomphe suprême.
Roi, serre sur ton front le pesant diadême ;
Mais déjà le Seigneur le frappe avec ses fils,
Il tombe.... sur le trône il était mal assis.
Hurlez, fils de Brutus ! Appelez sur vos terres
Le troupeau dévorant des bêtes étrangères.

Quel bruit, quels hurlemens ! le peuple est en fureur;
Voici des rois portant le fléau du Seigneur.
Les chevaux de la mort sont accourus, aux armes!
Femmes, enfans, vieillards, c'est le jour des alarmes.
Mais que vois-je ? un grand feu s'élève dans les airs,
Babylone superbe, horreur de l'univers,
Tu n'es plus : l'incendie a purgé tes collines,
Le grand ruisseau déborde au milieu des ruines.

. . . .

. . . .

O grand Dieu, tes desseins sont satisfaits,
La Gaule refleurit, et l'arbre de la paix
Croît en notre pays. Venez donc, jeune prince,
Entendez-vous les cris; de toute la province!
Quittez le sol lointain de la captivité,
Venez, nous attendons de vous la liberté;
Portez-nous la fleur blanche. Il vient, Dieu l'accompagne ;
Le lion sur ses pas descend de la montagne.
L'homme puissant s'assied sur son trône d'amour,
Et chaque peuple vient l'adorer tour-à-tour.

L'Abbaye de Valmagne.

Lettre à C. D.

J'étais à **St-Pons de Mauchiens** ; mon oncle me proposa une excursion à cette Abbaye que les habitans du voisinage appellent en patois *La badie.*

Tout ce qui tient du bon vieux temps
Me plaît et m'intéresse,
J'aime les anciens monumens,
Castel, église, forteresse,
Que la main de l'homme et des ans
Travaille à démolir sans cesse.

Aussi acceptai-je avec plaisir ; nous partîmes
par une belle matinée d'avril.

Ce mois de la verdure,
Des oiseaux et des fleurs,
Où toute la nature
A repris sa ceinture
De diverses couleurs.

Mon oncle était monté sur une jument grise,
ma jeune femme sur une vieille ânesse, et ma
cousine et moi, nous cheminions derrière la
caravane, à pied, en amateurs, une badine à
la main.

Si l'on nous avait vus, pélerins gais et francs,
Dans ce mince équipage,
On nous eût pris, je gage,
Pour des chevaliers errans.

Le sentier que nous suivions, légèrement montueux, était, par intervalles, coupé de ravins, ou encombré de cailloux ; pourtant nous nous en tirâmes si bien, qu'au bout d'une demi-heure nous arrivâmes sans encombre au haut d'une éminence inculte, d'où nos yeux aperçurent au loin l'étang de Thau et la mer.

Elle était blanche, et le soleil
Qui se mirait à sa surface
Allait réfléchir dans l'espace
Un spectacle à nul autre pareil.

Ici, il fallut descendre en serpentant, dans un vallon sablonneux ; le thym et les genêts tapissaient agréablement le terrain dont la couleur rouge contrastait si bien avec les buissons verdoyans.

C'est là, me dit mon oncle,
Que s'étendait autrefois
La longue enceinte d'un bois
Aux chasseurs impénétrable.
Mais le garde forestier
Qui connaissait le sentier
Allait souvent au terrier

Prendre un lièvre pour la table
Du couvent hospitalier.

A l'extrémité du vallon, nous prîmes à droite,
longeant deux énormes rochers, jetés là comme
exprès sur notre passage.

Nous n'étions éloignés du vieil édifice que de
cent pas, et pourtant ces murailles grises n'ap-
paraissaient point encore devant nos yeux. Un
rang de gros rochers crénelés interceptait la vue.

Nous fîmes un léger circuit, et bientôt nous
touchâmes au seuil des premières constructions.

Comme le poète Dumas à Nîmes, en ce moment je détournai le regard, car d'abord je vou-
lais commencer par voir ce qu'il y avait de plus
digne, c'est-à-dire l'intérieur de l'église.

Nous marchâmes donc, et nous fîmes halte
devant le portail, sous lequel nous trouvâmes
un ratelier pour nos montures.

J'entrai : oh! l'émotion que je ressentis, je
n'ai pas de paroles pour l'exprimer!...

J'avais ôté mon chapeau, et j'avançai respec-
tueusement ; il me semblait que j'allais entendre les chants pieux et les hymnes saints des
prêtres de ce temple, et j'écoutais.....

Tout-à-coup un essaim de moineaux s'envola
bruyamment sous la nef, et fit retentir l'écho
de son aigu ramage.

Le gazouillement des oiseaux
A remplacé sous cette voûte
La voix de l'orgue et ses accords si beaux,
Et cette musique sans doute
Vaut bien celle qui sort de ces luisants tuyaux
Que le vent fait siffler par de secrets canaux.

Quelle architecture noble, majestueuse et brillante ! non, il n'y a d'œuvre grandiose et parfaite que celle qui a été conçue sous une idée religieuse.

Qu'un athée vienne ici, et qu'en présence de ce monument délabré, il dise, s'il le peut : il n'y a pas de Dieu. Je lui répondrai ; tu mens à ta conscience.

O siècle de nos aïeux ! Tu l'as dit cependant à haute voix, lorsque, Vandale égaré, tu as frappé de ton marteau les saintes demeures du Seigneur.

On le dit encore aujourd'hui chez cette nation révoltée, qui, dans sa fureur coupable, détruit les temples, et jette à l'exil ces victimes innocentes que la mort a épargnées.

O bon peuple, tu as menti, et tu mens encore à ta conscience.

Les couvents, dira-t-on, n'étaient qu'un réceptacle de fainéants.

Eh bien ! la fainéantise est-ce un vice si capital qu'il faille le réprimer par le meurtre ou l'extermination ?

Aujourd'hui que l'on se plaint tant des inconvénients qu'entraîne une population surabondante, quel bonheur, quel grand service pour la société, si le tiers de la France allait s'établir en une colonie de reclus ! Ce moyen serait certes plus doux et plus efficace que celui qu'implorent certains économistes, quand ils proposent la guerre.

Et d'ailleurs, ne vaut-il pas mieux avoir des maisons de fainéants, que des palais de voleurs ?...

L'inertie et l'oisiveté, sont-ce des crimes comparables à la fraude, à l'injustice ?...

Tout en philosophant ainsi
Sur un sujet qui m'engage,
J'allais perdre bientôt le fil de mon voyage,
Je reprends et me voici.

Nous parcourûmes l'intérieur de l'église ; elle a trois nefs que soutiennent vingt-quatre colonnes ; sa longueur est de quatre-vingts pieds métriques, et sa largeur de vingt.

On prétend que son architecture remonte au 14me siècle.

Elle sert maintenant pour les divers dépôts

que le propriétaire de ces lieux y fait ou de son fumier, ou de son bois de combustion.

Derrière l'autel, dont il ne reste que quelques degrés, dans une niche du mur, on voit encore une belle statue en marbre blanc de la Sainte Vierge, mais elle est dégradée.

On dit que sous l'arceau de pierre
Durant une journée entière
Le ciseau travailla sans pouvoir l'arracher,
Et que l'impie à la fin de l'année,
Fut père d'un enfant à la main mutilée,
Pour n'avoir pas craint d'y toucher.

Cette légende m'a été racontée sur les lieux.

Les murs étaient tout crayonnés d'inscriptions et de noms, j'y traçai le mien ; c'était attacher quelque chose de périssable à quelque chose d'immortel.

Nous sortîmes pour aller visiter le vieux cloître, au rez-de-chaussée ; nous entrâmes dans un large corridor quadrangulaire, magnifique promenade ornée d'arceaux et de colonnettes sculptées. Au milieu du parterre inculte qu'il entoure s'élève un beau pavillon en pierre sous lequel jaillit une fontaine limpide, dont l'onde retombe en un bassin.

C'est là que nous déjeunâmes.

Nous avions dans une corbeille
Un large et superbe gâteau ,
Le tiers d'un saucisson nouveau ,
Et nous mangeâmes à merveille.
Pour moi , je bus dans ma main
Plus de trois coupes entières ,
(Mais ce n'était pas du vin)
A la mémoire des pères ,
Pour avoir sur mon chemin ,
Fait couler ces eaux salutaires.

Après une libation de reconnaissance en l'honneur des anciens maîtres de ce couvent , nous continuâmes nos explorations.

Un escalier aux marches spacieuses faites pour des pas de roi, nous conduisit à l'étage des cellules. Elles sont encore assez conservées. Nous en comptâmes une douzaine environ. Chaque cellule se compose de trois pièces, un salon, une alcove, un vestiaire. Le long corridor où elles aboutissent toutes mène à une grande fenêtre jadis grillée , d'où le regard plonge dans deux grands enclos , où l'on distingue les restes d'un jet d'eau disparu et quelques statues collées contre le mur. L'étang projette au loin son horizon bleu , qui se confond avec l'azur du ciel.

O solitude profonde !
O le meilleur des séjours !
C'est là qu'éloignés du monde,
Ces hommes coulaient leurs jours.
Soumis à leur règle austère,
Dans l'aumône et la prière
Ils mettaient tout leur plaisir.
Le bonheur semblait les suivre,
Heureux si, contents d'y vivre,
Ils avaient pu doucement y mourir.
Mais un orage vint de l'infernal abîme
Fondre sur la communauté ;
La terreur, la mort, et le crime,
Brisèrent leur félicité.

Dans les révolutions humaines, il faut que tout se ressente de la secousse universelle.

Nous descendîmes et passant à l'autre aile du bâtiment, nous entrâmes dans une cour.

A côté on voit encore en très-bon état un moulin à huile qui servait jadis pour les besoins du couvent.

Ici mon oncle me fit voir un escalier en pierre dont les marches sont suspendues avec une hardiesse et une légéreté étonnantes. Les pavés qui forment le plancher du premier étage n'ont pas plus de deux pouces d'épaisseur,

et l'architecte les a si bien unis entre eux,
que sans aucun support et par un cintre invisible, il leur a donné une solidité que quatre siècles encore n'ont pu démentir.

Au reste, il règne dans tout cet édifice
une harmonie et une puissance admirables.
Il n'est pas une pierre qui n'ait été posée sous
l'œil du maître, pas un angle de mur qui
n'ait ses sculptures, pas une voûte qui n'ait
sa clef travaillée avec un soin minutieux. Le
faîte de l'église où nous montâmes, aujour-
d'hui réparé, offre une belle promenade cir-
culaire faite pour un panorama. De larges
arcades partant d'un contre-fort à l'autre, autour du toit de la grande nef, laissent resplendir entr'elles les lancettes géminées qui
décorent le circuit des hautes murailles du
sanctuaire.

Tant il est vrai que nos pères
Mettaient dans tous leurs travaux
Ces sublimes caractères
Où nous voyons sans défauts
Le beau pur, inimitable,
Qui fut et sera toujours
Le seul type véritable
Des artistes de nos jours.

En partant, je ne pus m'empêcher d'exprimer la douleur de voir dépérir de la sorte un monument si beau.

On dit que le possesseur de l'abbaye a le projet de rendre le lieu saint à sa destination primitive; je le souhaite de tout mon cœur: cet édifice, ne fût-ce que pour l'art, mérite bien d'être sauvé de la destruction qui le menace.

Si nos ancêtres ont détruit, ne serait-ce pas à nous à reconstruire?..

Oh! que de vieux murs, et de vieilles choses il nous resterait à relever!...

L'enfant du Pauvre.

ROMANCE.

Tes yeux à la lumière
Vont à peine s'ouvrir,
Que ma voix la première
T'apprend qu'il faut souffrir.

Je te plains et t'adore,
Tu me parais si beau,
Pauvre enfant, garde encore
L'abri de ton berceau.

Bientôt la vie amère,
Hélas! va te changer
Des genoux de ta mère
Dans un monde étranger.
Je te plains.....

Pleure bien, oh! tes larmes
Me sont douces toujours,
Quand je pense aux alarmes
Qui menacent tes jours.
Je te plains....

Si tu meurs dans l'enfance,
Ta mère veut bénir
La fin d'une existence
Si triste d'avenir.

Oh! que chacun t'adore,
Petit ange si beau,
Le ciel vaut plus encore
Qu'un abri de berceau.

La Rosière.

(Cette pièce de vers a été récitée au Couvent de la Providence à Montpellier , à la Distribution des Prix de l'année 1840.)

Récitatif.

A.

Pour la palme de cette année
Pouvait-on faire un choix meilleur ?

B.

Qui plus qu'elle, entre nous, mérita cet honneur ?

A.

Plus touchante vertu fut-elle couronnée ?

CHOEUR.

Qu'un noble et saint orgueil, jeune vierge, t'enflamme
En ce jour bienheureux,
L'amitié te proclame
La reine de ces lieux.

B.

Oh ! comme en ce moment j'envie au fond de l'âme
Ce triomphe pieux.

A.

L'enfant de ses vertus recevant la couronne
Est-il un spectacle plus beau ?

B.

La gloire que le monde donne
N'offre qu'un mensonger tableau.

A.

Celui qui gouverne un royaume
Sous le dais éclatant ressemble moins un homme

Qu'un Dieu venu du ciel.
Vanité, vanité suprême,
Sous la splendeur du diadème
On voit les vices du mortel.

B.

Mais l'enfant couronné d'amour et d'innocence
Est plus heureux et plus grand à la fois,
La couronne de l'enfance
Vaut plus que celle des rois.

A.

Le chef triomphateur d'une nombreuse armée
Enchaîne la victoire, et la terre alarmée
S'incline sous son bras puissant.
Vanité. Ces lauriers de fête
Qui viennent ombrager sa tête
Sont pleins de poussière et de sang.

B.

Mais l'enfant couronné d'amour et d'innocence
Est bien plus grand sous ses lauriers,
La couronne de l'enfance
Vaut plus que celle des guerriers.

A.

Le génie enrichit l'empire des lumières ,
Et l'on voit sa statue au palais que nos pères
　　Firent pour toutes les grandeurs.
　　Vanité. Par fois dans ce temple
　　Le regard attristé contemple
　　L'apothéose des erreurs.

B.

Mais l'enfant couronné d'amour et d'innocence
　　Est certes mille fois plus grand ,
　　La couronne de l'enfance
　　Vaut plus que celle du savant.

A.

L'enfant, de ses vertus recevant la couronne,
　　Est-il un spectacle plus beau ?

B.

　　La gloire que le monde donne
　　N'offre qu'un mensonger tableau.

CHOEUR.

Oui , l'enfant couronné d'amour et d'innocence
Est plus grand à la fois que toutes les grandeurs ,
Une simple couronne accordée à l'enfance
Efface tout l'éclat des plus brillants honneurs.

A.

De tout temps l'enfance fut chère
A la tendresse du Seigneur,
Le Seigneur, notre premier père,
Notre souverain protecteur.
Combien de fois sa main merveilleuse et féconde
Se plut pour de nobles desseins,
faire des enfants et des faibles du monde
Des héros et des saints.

B.

Oui, de tout temps l'enfance est chère
A la tendresse du Seigneur;
Oui, le Seigneur c'est notre père,
Il comble ses enfants de plus d'une faveur.

A.

Samuel, dès l'instant qu'il ouvrit la paupière,
Au culte du Seigneur voué par de saints nœuds
Passa des genoux de sa mère
Dans les bras d'un vieillard pieux.
Héli cultiva son enfance,
Héli, pontife du vrai Dïeu,
Dont la paternelle puissance
Faisait la gloire du saint lieu.

Au milieu des splendeurs de son grand ministère
Qu'il remplit si long-temps avec autorité,
Au milieu des honneurs dus à son caractère,
Symbole de celui de la divinité,
Le grand prêtre déchut ; et sa grandeur suprême
  Et sa tiare, élégant diadème
Dont il parait sa tête aux grands jours solennels,
  Où brillaient les feux immortels
  D'une majesté souveraine,
Pâlirent tout-à-coup : les décrets éternels
Avaient rappelé l'homme à sa faiblesse humaine.
Et l'enfant, revêtu de sa robe de lin,
  Au front marqué d'un sceau divin,
Comme un astre jaillit de son humble retraite,
  Le Seigneur fit d'un orphelin
  Un glorieux prophète.

B.

  Heureuse la Vierge fidèle
  Qui, comme ce divin modèle,
Livre son cœur de bonne heure aux vertus,
  Car le Seigneur garde pour elle
  La prérogative immortelle
  Qu'il n'accorde qu'à ses élus.

A.

  Joas, cet enfant du miracle,
  Que le ciel protégea toujours,

A l'ombre du saint tabernacle
Vit s'écouler ses premiers jours.
Sa beauté, sa vertu sublime,
Sa douceur, son air immortel,
En fit le modèle unanime
De tous les enfants d'Israël.
Fille impure d'Achab, l'orgueilleuse Athalie
Tenait alors le sceptre de Juda.
Cette reine perfide, implacable ennemie
Des fils de Jéhova,
Dans un riche palais, pompeusement ornée
De tout l'éclat que donne un pouvoir fastueux
Faisait trembler des Juifs la race infortunée
Et du fer de son glaive et du feu de ses yeux.
Un seul osa braver ce despotisme infâme,
Et jeter le mépris sous le dais triomphant;
Le Seigneur confondit l'orgueil de cette femme
Par la sagesse d'un enfant.

B.

Heureuse la Vierge fidèle
Qui comme ce divin modèle
Livre son cœur de bonne heure aux vertus,
Car le Seigneur garde pour elle
La prérogative immortelle
Qu'il n'accorde qu'à ses élus.

A.

Jésus, à peine dans cet âge
Où brille un éclair de raison,
Va discuter avec le sage
Dans le temple de Salomon.
Voyez-les ces docteurs, ces chefs de la prière
Assis avec orgueil devant le sanctuaire,
Expliquant la loi sainte aux croyants rassemblés ;
Leur front semble agité d'un souffle prophétique,
Et leur austère voix, comme un oracle antique
Porte un saisissement dans les cœurs ébranlés.
Jésus s'avance, il parle, et sa haute sagesse
Fait soudain chanceler leur superbe raison.
O prodige ! ces grands, ces rois de la vieillesse,
Ces sages qui naguère instruisaient la jeunesse,
D'un enfant aujourd'hui reçoivent la leçon.

B.

Heureuse la Vierge fidèle
Qui, comme ce divin modèle,
Livre son cœur de bonne heure aux vertus,
Car le Seigneur garde pour elle
La prérogative immortelle
Qu'il n'accorde qu'à ses élus.

CHOEUR.

Heureuses les Vierges fidèles
Qui, comme ces divins modèles,
Livrent leur cœur de bonne heure aux vertus,
Car le Seigneur garde pour elles
Toutes les grâces immortelles
Qu'il n'accorde qu'à ses élus.

A.

Pour nous, enfants comme eux, dans une solitude,
Bien loin d'un monde séducteur,
Elevés devant le Seigneur,
Entre la sagesse et l'étude
Nos jours coulent avec bonheur.
Telles au vallon solitaire,
A l'abri du souffle des vents,
Croissent aux bords d'une onde claire
Les fleurs heureuses du printemps.
Nous aussi, nous avons parmi nous un modèle
De sainteté, de charmes ingénus;
Comme Joas, Samuel et Jésus,
Celle dont nous chantons la gloire solennelle
Possède de nobles vertus,
Et le Seigneur garde pour elle
La prérogative immortelle
Qu'il n'accorde qu'à ses élus.

B.

Elle a de Samuel et l'âge et l'innocence.

A.

Elle a sa piété, ses attraits, sa douceur.

B.

Comme lui, dès son enfance
Dans l'asile du Seigneur,
Elle a quitté pour une vie austère
De devoirs qui bientôt vont se multiplier
Les caresses de sa mère
Et le repos du foyer.
Comme lui, dans cette enceinte
Dont la religion consacra le séjour,
D'une autre famille sainte
Elle a retrouvé l'amour,
Une mère qui partage
Son cœur entre ses enfants,
Un père qui du jeune âge
Règle les heureux penchants,
Et des compagnes fidèles
Dont l'alliance de mœurs
Fait revivre au milieu d'elles
Le nom bien-aimé de sœurs.

A.

Privilége touchant et bien digne d'envie !
Elle a de cet enfant les aimables vertus,
Elle aura dans une autre vie ,
La même gloire au palais des élus.

B.

Elle a de Joas la sagesse.

A.

Elle a sa 'noble humilité.

B.

Comme lui, dans ce monde où la foule s'empresse
Elle connaît la vanité.
Ainsi, lorsque la vie , aimable enchanteresse,
Vient, le matin , entre des fleurs ,
Lui présenter la coupe où plus d'un boit l'ivresse
Des plaisirs corrupteurs ,
Elle qui de la foi , cette mère immortelle,
Suça le lait dans le berceau ,
Et depuis tous les jours marche d'un pied fidèle
A la lueur de son flambeau,
Elle a su , prévenant les faiblesses de l'âme
Et les chûtes de l'avenir ,

6

Dédaigner cette voix du monde qui proclame
  L'indifférence et le plaisir,
Et cachant parmi nous sa chasteté première,
  Pour en nourrir les fruits naissants,
Entre de saints devoirs, l'étude et la prière,
  Désormais partagé son temps.

A.

Privilége touchant et bien digne d'envie !
Elle a de cet enfant les aimables vertus,
  Elle aura dans une autre vie,
La même gloire au palais des élus.

B.

Elle a de Jésus la science.

A.

Elle a ses attraits ingénus.

B.

Comme lui, de parents à qui la providence
  A réparti les plus belles vertus,
Fille heureuse, on la voit, d'un âge tendre encore
  Devançant la fécondité,
Croître en force, en sagesse, et bientôt faire éclore
  Des fleurs de sainteté.

Comme lui, bien des fois par sa douce éloquence
      Et les ingénieux détours
      D'une précoce intelligence
      Qui depuis grandit tous les jours,
Disciple studieux, elle a ravi son maître
      Etonné de tant de raison,
      Et dans nos cœurs émus fait naître
      Une profonde admiration.

A.

Privilége touchant et bien digne d'envie !
Elle a de cet enfant les aimables vertus,
      Elle aura, dans une autre vie,
    La même gloire au séjour des élus.

CHOEUR.

Privilége touchant et bien digne d'envie !
Elle a de ces enfants les aimables vertus ;
Elle aura tôt ou tard, au sein de l'autre vie,
Une gloire pareille au séjour des élus.

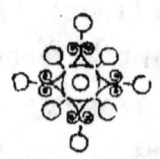

NOTES.

Quand, en 1839, je publiai la *Muse Clermontaise*, petit recueil de chants consacrés aux beautés pittoresques de ma cité natale, le journal de l'Hérault applaudit à mes jeunes essais dans la mention honorable qu'il fit de mon opuscule.

Quelques personnes, tout en me félicitant sur mon talent poétique, m'exprimèrent alors le regret qu'elles avaient de voir ma verve s'exercer ainsi sur des sujets aussi ingrats que ceux que fournissent les détails d'une humble ville de province.

Et c'est ce reproche littéraire qui m'engage aujourd'hui à publier ce nouveau recueil de poésies diverses.

Page 11. Non, non, le Dieu.....

Les artisans du Grenier Poétique de Clermont-l'Hérault avaient adressé au Courrier du Midi une lettre et des vers. Le rédacteur ne voulut pas imprimer les vers, parce que, disait-il, ils lui semblaient défectueux. Et sur cela, il tança sévèrement les jeunes auteurs, qu'il accusa de témérité, en leur disant : *il n'y a en France qu'un seul Reboul.*

Ce fut pour venger mes confrères que je fis paraître cette pièce de vers.

Le journal nous rendit justice, et publia hautement la gloire du Grenier Poétique.

Cette société date du 1er mars de l'an 1838; ses membres se composent d'artisans, qui, dans les loisirs de leur état, s'occupent aux travaux intellectuels de la poésie.

Le président J. Deidier, boulanger, s'exerce, avec beaucoup de succès, dans la poésie patoise.

Nous avons de lui, *lou vieil Noë, la Pastourella, las Cendrés de Napoléon*, pièces neuves, où le naturel et l'harmonie se réunissent.

L. Bans, barbier, entr'autres productions en français, s'est fait connaître déjà par le sujet original, *Curaboursoch*, et *la Ribotta al Granié*. On trouve dans son style une simplicité attrayante.

F. Dejean, encolleur, est le Lafontaine de notre société. Ses deux fables publiées dans notre almanach annuel ont les qualités véritables qu'exige ce genre de poésie.

Les autres membres, novices encore, n'ont livré à la publicité aucune de leurs productions, ...

TABLE

lodève, imprimerie de Grillières.